AF258414